AF220854

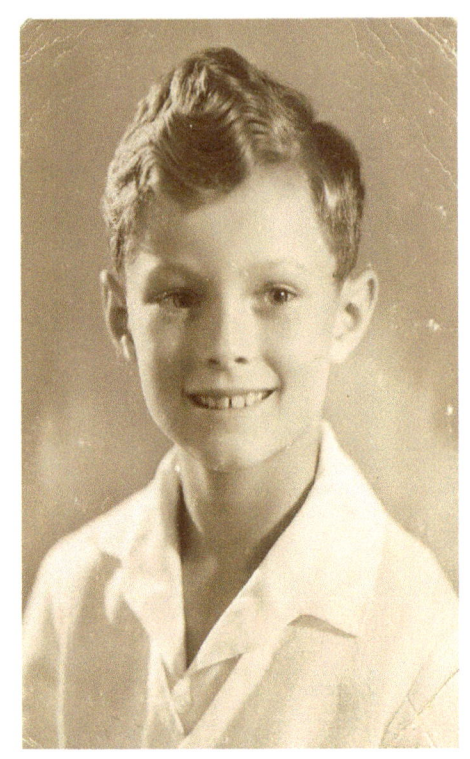

Rüdiger Bauer
10 Jahre

Komotauer Lausbub oder Glückskind

-Glückliche Jugendjahre in Böhmen-

von
Rüdiger Bauer

© 2018 Rüdiger Bauer
Coverbild: Deutschherrenstadt Komotau / Böhmen
Umschlaggestaltung, Herstellung und Verlag:
BoD - Books on Demand

ISBN 9783752815276

Bibliografische Information der Deutschen
Nationalbibliothek:
Die Deutsche Nationalbibliothek verzeichnet diese
Publikation in der Deutschen Nationalbibliografie;
detaillierte bibliografische
Daten sind im Internet über http://dnb.dnb.de abrufbar.

Inhaltsverzeichnis

KOMOTAUER LAUSBUB ODER GLÜCKSKIND
- Glückliche Jugendjahre in Böhmen –

Von Rüdiger Bauer

*1.*Ein Oberdorfer Gung stellt sich vor

Wenn Jemand am Palmsonntag anno 1925 geboren wurde, dann erwartet der Leser dieser kleinen Lebensbeichte einige glückhafte Momente des Verfassers aus seiner alten Heimat miterleben zu können. Nachstehend hier einiges aus der Schmunzelecke vergangener Jugenderinnerungen.

Als Angehöriger der Erlebnisgeneration habe ich die alte Deutschherrenstadt – mein Komotau - mit ihren Örtlichkeiten von ehedem, so wie sie in meinem Herzen stets fortleben wird, über Jahrzehnte bewahrt. Aus dem Oberdorfer Gung (Junge) und Komotauer Lausbub ist inzwischen ein „ausgereifter alter Herr und Ur-Opa" an der Waterkant geworden. Aber seine unvergessene Heimatstadt mit all den vielen Facetten seiner ehemaligen Erlebniswelt wird er weiter in seinem Herzen tragen. Niemand wird sie ihm jemals nehmen können.

Immer wieder bringen mich Erzählungen in meiner Komotauer Heimatzeitung zum Schmunzeln. Erinnerungen werden geweckt an die eigene Kindheit, die ich einst in der alten Deutschherrenstadt am Fuße des Erzgebirges erlebt habe. So möchte ich also ganz am Anfang beginnen. Als meine Eltern nach einer schnellen, gut viertelstündigen Kutschfahrt an jenem Sonntag ins Komotauer Krankenhaus kamen, war die Fruchtblase meiner Mutter geplatzt, die Nabelschnur lag um meinen jungen Hals und das kleine Bündel, das sie unter Schmerzen zur Welt brachte, war bereits blau angelaufen. Mit Gefahr im Verzug begann mein Leben. Sie sollte nicht die einzige bleiben in mittlerweile mehr als 92 Lebensjahren. Wie gut, dass die ersten Stunden meines Erdendaseins mein Erinnerungsvermögen nicht belasten. Viele weitere Episoden aus den ersten 20 Jahren dieses Lebens in der alten Heimat haben sich tief eingegraben in mein Gedächtnis. Von einigen soll hier berichtet werden. Vielleicht weckt das Eine oder Andere die Erinnerung eines noch lebenden Zeitgenossen mit ähnlichen Erlebnissen. Das würde mich freuen. Hier soll auch für die Nachgeborenen der Komotauer Lausebub Rüdiger Bauer zu Worte kommen mit seinen übermütigen Jungenstreichen und mancherlei Entgleisungen, die seine Eltern – sofern sie je davon erfahren hätten - pädagogisch zuweilen in arge Bedrängnis versetzt haben. würden.

Weihnachten 1925
Der Lausbub
krabbelt schon

2. Ein wohlbehütetes Elternhaus

Wenn ich versuche, mir die Zeit meiner ersten
Kindheitsjahre wieder in Erinnerung zu rufen, dann
taucht zunächst ein im Elternhaus, Leipziger Strasse 36,
direkt neben der so genannten „Ruutn Mühl" (Roten
Mühle) aufgewachsener blonder Lockenkopf auf, der
unter Mutters Obhut und Vaters oft verständnisvollem
Schmunzeln seine Spielsachen so lange malträtierte, bis
sie das Zeitliche gesegnet hatten. Zweifellos war ich ein
Kind, das zu Übertreibungen neigte. Das rechte Maß zu
finden, wollte im Leben erst gelernt sein. Wen wundert
es, dass mir das damals keineswegs so recht bewusst
wurde? Der blonde Lockenkopf war - im Gegensatz zu
seinem Eigentümer selbst - der ganze Stolz der Frau
Mama. Deren Erbgut hatte sich offensichtlich beim
Sohnemann unverkennbar durchgesetzt. Sie wollte mir
natürlich fast immer ein durch besonders adrette
Kleidung herausgehobenes, recht manierliches Äußere
verleihen – was mir als richtigen Jungen zu jener Zeit

verständlicherweise so völlig gegen den Strich ging. Meine eigenen Ambitionen hatten ganz andere Kleidung und schon gar eine andere Haartracht im Sinne, passend zu meiner eigenen Gedankenwelt, in der ich damals lebte. Mit Hilfe von reichlich Wasser beim Kämmen, kam ich leider nicht zum Ziel. Auch das Befestigen von geeigneten steinernen Hilfsmitteln an den Haarlocken scheiterte an der Natur der Dinge. Der verständliche Widerstand der uneinsichtigen Frau Mama war auch nicht zu überwinden. So fügte ich mich nach langen Überredungsversuchen dann doch der Einsicht in die naturgegebenen Verhältnisse und bat als Zeichen meines Entgegenkommens wenigstens um etwas persönliche Freizügigkeit bei der Auswahl meines Haarschnitts beim Friseur. Doch offensichtlich war dieser brave Mann von meiner Mutter stets insgeheim genau instruiert worden und brachte trotz all seiner Bemühungen und Beteuerungen keine vernünftige Frisur, wie sie einem richtigen Jungen geziemt, zu Stande. Diese Schlacht hatte ich unwiederbringlich verloren. Erst mit den Jahren verdankte ich der Fürsprache meines guten Onkels und Taufpaten Karl Walz, dass eine leidlich genehmere Haartracht später Platz griff.

Früh gebaut hat nie gereut

Zu dem blonden Lockenkopf sollte in den Augen der Frau Mama, wie erwähnt, stets ein manierliches Äußeres in möglichst adretter Kleidung kommen. Die passte aber nach meiner Meinung gar nicht zu einem richtigen Jungen. Einmal kam mir ganz unverhofft der Zufall zu Hilfe. Eine Urlaubsreise der Familie Bauer nach St. Joachimsthal zu meiner geliebten Oma über den Umsteigebahnhof Schlackenwerth führte zu einer unvermuteten, kurzbefristeten Wende. In der adretten Besuchskostümierung, die meine Frau Mama selbst auf ihrer bewährten Nähmaschine geschneidert hatte, balancierte ich während der Wartezeit für den Anschlusszug an der Hand meines Vaters auf der Böschung des Abwassergrabens, der voller dreckigem Lokomotivwassers neben dem Bahnhofsgelände zu meiner Freude verlief. In jugendlicher Unachtsamkeit rutschte ich plötzlich von der Böschung ab und lag – pardauz – ganz unvermutet zum großen Schreck meines Vaters in dem schmutzigen Graben. Triefend und voll des öligen Wassers, zog mich der erschrockene Vater heraus und musste zu seinem Leidwesen das Jüngelchen der fast einer Ohnmacht nahen lieben Mutter zum schnellen Umziehen aus dem Inhalt unserer Urlaubskoffer präsentieren, bevor der Anschlusszug nahte. Die notwendige Prozedur vollzog sich dann zwar unter heftigem Plärren des notdürftig getrockneten und gereinigten jungen Naseweises, vierjährigen Stammhalter der Familie Bauer. Aber meine Kostümierung für die Weiterfahrt wurde nach meinem Dafürhalten dann, Gottlob, sehr viel erträglicher.

Mit den Eltern zu Besuch in St. Joachimsthal

Die Weihnachtszeit erinnert mich oft an meine Erfahrungen mit dem Nikolaus, der in frühen Jugendtagen bei mir meist in Begleitung eines

11

furchteinflößenden Krampus erschien. Damals war ich schon vorher so aufgeregt, dass sich dies in dem dringendem Bedürfnis niederschlug, ganz schnell vorher noch auf den Nachttopf zu müssen. Dann war ich auf alles vorbereitet und der Vortrag meines Weihnachtsgedichtes verlief zur allseitigen Zufriedenheit. Ähnlich erging es mir auch oft, bevor das Christkind nebenan im großen Wohnzimmer am Weihnachtsbaum das Glöckchen klingelte als Zeichen, dass es Zeit zur Bescherung sei. Mein Nervenkostüm gab Alarm. Als sehr seltsam empfand ich, dass mein Vater damals nie rechtzeitig zugegen war.

Unsere Wohnung, die bis etwa zum 7. Lebensjahr mein Zu Hause war, hatte einen großen mit Beeten der Hausbewohner bestellten Garten, einen riesigen Hof, eine großräumige Scheune mit allerhand landwirtschaftlichem Gerät und Fuhrwerken sowie zahlreichen Schuppen für die Hausbewohner. Im Haus befand sich u. a, auch ein Lagerkontor mit zwei während der Arbeitszeiten oft geräuschvoll klappernden Schreibmaschinen und mächtigen mit diversen Ordnern bestückten Regalen, samt dem dazu gehörigen Büropersonal. Ehrfurcht hatte ich vor einer riesigen Waage, die dem wechselnden Frachtgut diente. Das besonders Interessante des ganzen Anwesens aber war ein geräumiger Pferdestall, dessen Betreten ohne Erwachsene mir streng untersagt war. Als Knirps im frühen Kindesalter habe ich mich wohl mit Respekt vor den zahlreichen Schmeißfliegen daran gehalten. Davon ganz abgesehen, gewährte auch das nahe Küchenfenster meiner Mutter auf diesen Zugang noch einen unmittelbaren Einblick.

In den frühen Jugendjahren hatte ich sehr viel Freude an dem großen Sandkasten, den mir mein Vater im Hof neben der Scheune eingerichtet hatte. Hier konnte ich meine architektonischen Fähigkeiten beim Bau von Burgen und Wällen ausleben, wobei die vollgefüllte Gießkanne mit Wasser ein unentbehrliches Hilfsmittel bot.. Da das Hantieren mit dem feuchten Sand unweigerlich starke Schmutzspuren auf meiner Kleidung hinterließ, hatte ich bald das geeignete Mittel gefunden, meine Mutter von der passenden Kleidung für mein Tagewerk zu überzeugen. Damit war ich den dümmlichen, mir immer unpassend erscheinenden adretten Anzug des mütterlichen Geschmacks schnell los.

In diesem Sandkasten machte ich die erste liebevolle Bekanntschaft mit dem weiblichen Geschlecht. Marianne hieß die Kleine und war, soweit ich mich noch erinnern kann, die Enkeltochter der über uns wohnenden Familie Richter mit ihrem etwas älteren Sohn Rudi. Aus einem mir heute noch unerfindlichen Grund empfand ich einmal einen riesigen Schmerz. Ich begann ganz jämmerlich zu heulen und vergaß dabei völlig meine männliche Contenance. Meine einfühlsame Gespielin versuchte mich vergebens zu trösten und trocknete liebevoll mit ihrem Taschentuch die Tränen auf meiner Wange. Als ich dann heftig schluchzend zur Hoftreppe rannte, um Schutz und Hilfe bei der gerade auftauchenden Frau Kunze (liebevoll von mir Frau Kunzl genannt) Tröstung suchte, gab mir Marianne mit einer heftigen Umarmung einen gefühlvollen, dicken Kuss auf den Mund. Die Wirkung war eine ungeheuere! Vor Schreck vergaß ich das Weiterheulen und suchte dann rasch das Weite. Bei unzähligen späteren Begegnungen mit dem anderen Geschlecht erinnerte ich mich stets dieses Vorfalls und zog es dann vor - soweit mir das angetan erschien - meine Haltung mit Würde und Anstand zu bewahren.

Eine weitere Episode hat sich tief in mein Gedächtnis eingegraben. Anlässlich eines Festes unserer Nachbarstadt Brüx war ich an einem schönen Sonntag mit den Eltern beim dortigen Festzug. Zur historischen Einstimmung kamen einige Festwagen im Zug mit Germanen aus uralten Zeiten, bekleidet mit Fellen und Büffelhörnern auf den Köpfen. Das hat mein kindliches Gemüt zu Tode erschrocken und in Angst versetzt. Ich fasste meine Eltern bei der Hand und weinte herzerreißend: *„Mutti, ich hab Angst, die Germanen"*. Ein braver Brüxer, der dies vernommen hatte, meinte: *„Du musst nur immer rufen: „ Heil Brüx!"*. Daraufhin befolgte ich seinen guten Rat und schrie aus voller Kehle mehrfach: *„Heil Brüx, Mutti ich hab Angst, Heil Brüx...."* u.s.w. So versuchte ich damals meiner Empfindungen Herr zu werden.

Abseits von unserer Wohnstätte zu Haus und Hof gehörendem Garten stand ein sehr hochgewachsener Kirschbaum, der im Frühsommer wunderbare rote Früchte trug. Hier habe ich das formvollendete Klettern erlernt. Im dichten Laub des Baumes war ich gegen Feindeinsicht aus dem Küchenfenster gut geschützt. Über die Eigentumsfrage der Kirschen machte ich mir wenig Gedanken, denn sie schmeckten so herrlich süß und mit den Kernen konnte man nach dem Verzehr des Fruchtfleisches so wunderbares Zielspucken üben, um das mich manches Lama beneidet hätte, wenn wir im Wettstreit mit anderen Lausbuben gegeneinander angetreten wären. Ein eventuelles elterliches Verbot zum Erklimmen des Kirschbaumes wäre bedeutungslos gewesen, denn das Kletterobjekt befand sich gut außerhalb des Sichtfeldes von Mutters Küchenfenster. Obendrein waren alle Hausbewohner in diesem Falle auf meiner Seite, wie ich schnell herausgefunden hatte.

Hinter dem Grundstück breitete sich ein großes Wiesenland aus, bestückt mit reichlich Äpfelbäumen und einigen Beerensträuchern, das sich ohne sichtbare Umzäunung bis hinunter zum Mühlgraben und weiter rechts zum Assigbach erstreckte. In frühestem Kindesalter war es mir von meinen Eltern streng verboten, das Hausgrundstück zu verlassen und meine Abenteuerlust in die Weidegründe und Vorstellungswelt dieses reichlich vorhandenen „Prärielandes" zu erweitern. Hieran habe ich mich zunächst, vielleicht aus Furcht vor Strafe, anfangs auch brav gehalten, obgleich der Wasserlauf und die weiter unterhalb liegende Wiedenmühle unbeschreibliche Abenteuererlebnisse versprachen.

3. Entdeckung neuer Welten

Später, als mein Entdeckereifer nicht mehr zu bremsen war, ging ich gelegentlich verbotene Pfade. Dann machte es mir im Herbst ein ganz besonderes Vergnügen, von den am Mühlgraben wachsenden Weiden langstielige Ruten abzuschneiden, ihre Enden zuzuspitzen und eine größere Zahl von den Bäumen herabgefallener, noch halbgrüner Äpfel zu sammeln, um ausreichende Schleudergeschosse als Munition für meine Bewaffnung verfügbar zu haben. Hei, war das eine Freude, wenn die aufgespießten Äpfel dann mit kraftvollem Schwung von der Spitze einer Weidenrute geschleudert ihre Bahn in Richtung des vermuteten, meist unsichtbaren Zieles nahmen. Ich hatte es schließlich auch geschafft, aus sicherer Entfernung von meiner „Verteidigungsstellung" aus feuernd, dieses Fallobst über die mehrstöckigen Häuser hinweg bis auf die Leipziger Straße zu schleudern. Ob ich jemals einen „Angreifer" zur Strecke gebracht habe, kann ich nicht behaupten. Verwundete oder sonst wie Geschädigte bekam ich, Gottlob, jedenfalls niemals zu Gesicht. Meine vorsichtshalber angelegten Verstecke waren gut getarnt.

Als ich später zur Schule ging und des Lesens kundig wurde, bereitete mir ein ganz besonderes Vergnügen zum Wochenende oft der Besuch des Oberdorfer Kinos. Hier spielten zur Freude der Jugend in den Nachmittagsvorstellungen am Sonntag meist die tollsten Räuberpistolen und Krimiverfilmungen. Buffalo Bill war mir schon in frühester Jugend ein Begriff, denn im Hause wohnte der schon erwähnte, um einige Jahrgänge ältere Richter Rudi. Er war mir in Vielem ein Vorbild, sehr zum Ärger meiner Eltern. Bei ihm konnte ich so nebenbei meine ersten Kenntnisse vom Wilden Westen und den Gepflogenheiten von Räuber und Schander (Gendarm) aufschnappen. Vor allem führte er mich in die damals gängige Jugendliteratur ein. So lernte ich auch die äußerst spannenden Kriminalgeschichten von Tom Shark und Pitt Strong und die Abenteuer in aller Welt von Rolf Torring, Hans Warren mit ihrem stets getreuen Helfer Pongo samt dem zahmen Gepard Maha kennen. Am spannendsten empfand ich, wenn diese Abenteurer auf ihren Reisen irgendwo in der Südsee der aus dem I. Weltkrieg übrig gebliebene U-Bootcrew von Kapitän Farrow, seinem Sohn Jörn, dem treuen Hein Gruber und Dr. Bertram begegneten. Ihr altes U-Boot lag gut versteckt in einem nur unter Wasser erreichbaren Korallenatoll. Es diente ihnen für weite Unterwasserfahrten zu verborgenen Schatzinseln voller übler Piraten. Meist halfen sich diese Weltenbummler gegenseitig immer aus einer fast ausnahmslos erscheinenden ausweglosen Lage. Ich erlernte auf diese Weise viel botanisches und erdkundereiches Wissen schon vor ihrer mir im Schulunterricht näher gebrachten Begegnung. Damit konnte ich, wenn es mal darauf ankam, zur rechten Zeit hervorragend glänzen. Diese Erlebnisberichte, Abenteuergeschichten oder Krimis, letztere meist aus dem Berlin der Zwanziger Jahre, waren für uns Jungs, die in der Schule gerade das Lesen erlernt hatten, von unschätzbarem Wert. Die handelnden Helden waren unsere Vorbilder, ebenso wie Winnetou, Old Shatterhand und Hadschi Halef Omar von Karl May Von meinem Firmenpaten Onkel Peppi (Josef Bachmann) bekam ich stets reichlich Büchernachschub. Gelegentlich konnte ich mich später auch an den Erkundungsfahrten des Asienforschers Sven Hedin nach Tibet erfreuen. Oft hatte ich mir die Bücher schon Tage vorher unter den Lauben am Markt in der Volksbuchhandlung ausgesucht.

Vor dem Oberdorfer Kino am Sonntagnachmittag war große Tauschbörse. Jeder Halbstarke trug in seiner Manteltasche. meist gut versteckt vor der tschechischen Polizei, meist mehrere dieser Exemplare seiner „Groschenhefte", weil diese oben erwähnte Lektüre offenbar etwas „Verbotenes" war, das beschlagnahmt werden konnte, wenn es entdeckt wurde. Jeder versuchte durch Tauschhandel ein äußerlich etwas besser erhaltenes Heftchen zu ergattern oder sogar zwei ältere für ein neuwertiges. Durch diese Verkaufspraktiken war es mir mit der Zeit gelungen, ohne große Zukäufe aus der Volksbuchhandlung am Markt eine stattliche Anzahl von etwa 80 „Schunder", wie sie von uns genannt wurden, mein Eigen zu nennen. Hier habe ich die ersten kaufmännischen Befähigungen für mein einschlägiges Studium und das spätere Berufsleben erworben. Vor allem für ein gekonntes Marketing mit Werbung und für angewandte Verkaufspsychologie wurden erste Erfahrungen gesammelt.

In den Kinovorstellungen konnte ich oft den sich von Liane zu Liane schwingenden Urwaldriesen Tarzan bewundern oder einige Detektivgeschichten mit dem gelehrigen Polizeihund Rintintin. Damit war mehr als genug und oftmals auch einiges zu viel für die überbordende jugendliche Phantasie als Grundlage gelegt, der die eigene Tatkraft kaum nachzustreben in der Lage war. So war es kein Wunder, dass ich einige Zeit nach Erlernen des Lesens sehr oft gedankenverloren zum Schulfenster hinausgeblickt habe, wohl wegen des hochinteressanten Lese-materials, das zu Hause wartete. Damit zog ich mir nicht selten einen Tadel des Lehrers zu, dem meine Unaufmerksamkeit auffiel und der dann meinte, dass ich mich von seinem Vortrag vielleicht überfordert fühlte. Doch dem war nicht so. Nur einige Jahre später, beim Tschechisch-Unterricht, kam ich mir aus ganz anderen Gründen oft überfordert vor, obgleich ich doch Sprachen meist sehr liebte. Aber hier machte sich wohl eine gewisse Voreingenommenheit unbewusst bemerkbar. Heute bedauere ich dies im Prinzip, obgleich ich mein damaliges Verhalten auch verstehen kann. Verhärtete sich doch die Haltung der tschechischen Obrigkeit den Autonomiebestrebungen der Sudetendeutschen gegenüber immer unnachgiebiger. Das blieb selbst mir als Jugendlichen dank der intensiven Diskussionen im national gesinnten, liberal eingestellten Elternhaus nicht verborgen.

Manchem ähnlich veranlagten Leser mag es auch recht verständlich sein, dass ich den immer wieder erneut laut werdenden Bemühungen meiner lieben Mutter, mich zum Klavierunterricht anzumelden, ein striktes „Nein" entgegen setzte. Ich konnte mir einfach nicht vorstellen, Freude am Klimpern auf der schwarz-weißen Tastatur zu empfinden und dem instrumentalen Ungetüm Melodien zu entlocken, mit denen man dümmliche Kinderlieder der verzückt lauschenden Familie darbot. Das mochten Andere tun, für mich gab es höchstens eine Trompete oder noch lieber eine Trommel. Doch von diesen Instrumenten mochten wiederum die lieben Eltern nichts wissen. Abgesehen davon war ich schon immer nicht besonders melodiös veranlagt, was später nach eingetretenem Stimmbruch manchen meiner Gesangslehrer zu schierer Verzweiflung brachte. Also hielt ich mich beim Singen vornehm zurück und dachte mir: Schuster bleib bei deinen Leisten.

Oft wanderte ich am Samstagnachmittag oder sonntags mit meinem Vater im Herbst auf die abgeernteten Stoppelfelder vor Sporitz zum Drachensteigen. Der kunstvoll über ein gebogenes Schilfrohr gezogene, selbstgefertigte Drachen mit einem Schrecken erregenden Gesicht bemalt, riesigen rotem Maul und großen Augen, hatte an den Seiten als Andeutung der Ohren zwei bunte Papierbüschel, die im Winde lustig flatterten. Als Kennzeichnung eines Schwanzes dienten mehrere ebenfalls direkt hinter dem Drachen neben der Halteschnur angebrachte Papierbüschel. Je nach den Windverhältnissen musste man oft recht angestrengt rennen mit dem flugbereiten Ungetüm in einer Hand, bis durch den vorhandenen Aufwind – wenn wir Glück hatten und kein Konstruktionsfehler einen Fehlstart mit schnellem Sturzflug bewirkte – der Drache hoch in die Lüfte stieg. Dann durfte ich die auf einem Stück Holz aufgewickelte Schnur halten und selbst meine Kunstflugübungen mit dem hoch in der Luft tanzenden Ungeheuer vollführen. Selten waren wir hier die Einzigen bei diesen Kunstflügen. Bisweilen gab es richtige Wettbewerbe. Gelegentlich wurden ein paar „Liebesbriefe" auf der Schnur nach oben geschickt, die vom Winde bis zum Drachen hoch befördert worden waren und Grüße an die Mama oder die Omama, in späteren Jahren vielleicht auch insgeheim an eine angebetete Schulfreundin, enthielten.

Vom Vater bekam ich bei solchen Gelegenheiten die ersten Instruktionen, wie man ein fachgerechtes Kartoffelfeuer auf den abgeernteten Stoppelfeldern anfachte und wie einige eingesammelte Erdäpfel in schmackhafter Weise zubereitet wurden. Auch wenn sie zuweilen etwas stärker als normal angekohlt waren, schmeckten sie doch stets viel besser als die zu Hause von der Mutter mit viel Liebe und guter Soße zubereiteten. Auch das Anfertigen von kleinen Stockflöten aus geeigneten Strauchruten war eine

Kunst, die mir mein alter Herr damals geschickt beibrachte. Besonders interessant fand ich als heranwachsender Junge das Ernten von Hagebuttenfrüchten, deren meist arg juckender Inhalt hervorragend geeignet erschien, den dann laut quietschenden Mädchen am Schulhof in die Kleider geschoben zu werden. Auch das Fangen von Laubfröschen gehörte gelegentlich zu unserer Unterhaltung an den Sporitzer Teichen. Als wir allerdings einmal ein solches Prachtexemplar in ein eigens dafür mitgebrachtes Gurkenglas steckten und mit nach Hause zu meiner Mutter brachten, stießen wir auf lebhaften Protest. Sie ließ nicht zu, dass ich das Fröschlein mit etwas Moos und einer Leiter versehen in einem großen Gurkenglas in der Küche ins Doppelfenster stellte, um seine Turnübungen auf der Leiter zu beobachten. Bei einfallendem Mondlicht begann das Tierchen zum Herzerbarmen zu quaken, vielleicht auch aus Sehnsucht zu seiner irgendwo im Grünen verbliebenen Gefährtin. So musste es zunächst in unseren Hofschuppen weichen und von dort war es dann eines Tages auch verschwunden, als das Gequake hier seine Fortsetzung fand. Hilfreiche Hände haben es offenbar aus seinem Gefängnis ohne mein Wissen und Einverständnis befreit.

Entgegen anders lautenden Behauptungen gehörte ich aber nie zu jener Sorte von Jungen, die sich einen Sport daraus machten, gefangene Laubfrösche mit einem hinten eingeführten Strohhalm kräftig aufzublasen, um festzustellen, ob sie schlimmstenfalls platzten. Als eifriger Leser von Brehms Tierleben-Heftchen, deren Titelseiten so herrlich bunte Bilder von den jeweils textlich im Inhalt geschilderten Tierwelten enthielten, hatte ich ein viel zu mitfühlendes Herz. Das Verschlingen von Brehms Tierleben oder Sven Hedins

21

Entdeckungsreisen verstärkten in mir aber den Wunsch, beruflich später in noch unbekannten Kontinenten auf Entdeckungsreisen zu gehen, um dort einmal persönlich neue Welten zu erkunden.

Meine oft überbordende Abenteuer- und Entdeckerlust verleidete mich häufig, bei sonntäglichen Familienausflügen spätabends, nach hereinbrechender Dunkelheit eigene Wege auf Fußpfaden abseits der Straßen oder Gehwege zu laufen. Was gab es Schöneres, als dann aus einem schützenden Versteck heraus plötzlich als Waldschreck auf Straßen oder Gehwege zu springen und einen Überfall zu mimen? Dieses ungezügelte Verhalten wäre mir einmal fast zum Verhängnis geworden. Rechts der alten Heerstraße von Leipzig nach Komotau befand sich von Schönlind kommend ein tiefer Steinbruch. Zum Glück war dieser durch einen Stacheldraht rundum gegen unbefugtes Betreten abgezäunt. In der Dunkelheit war weder der Steinbruch noch der Stacheldraht für den ungestüm nach vorne stürmenden Knaben erkennbar. Urplötzlich, bevor ich mich noch auf die Lauer legen konnte, um die heimkehrende Gruppe der Eltern mit Freunden mächtig zu erschrecken, hing ich mit dem Hals im Stacheldraht. Erst wusste ich nicht, wie mir geschah, bis ich merkte, dass ich am Hals dicht neben der Halsschlagader ganz heftig blutete. Mein Vater verband die Wunde so gut es eben ging mit zwei Taschentüchern, ohne mir dabei ganz die Luft abzuschnüren und eilte mit mir schnurstracks zu unserem Hausarzt Dr. Garkisch, dessen Praxis direkt im Privathaus dieses Arztes lag. Dort wurde alles Nötige umgehend veranlasst. Noch heute erinnert eine tiefe Narbe an meinem Hals an dieses etwas unerwartete blutige Ende meiner damaligen Räuberpistole, das ohne schützenden Stacheldraht weit schlimmer hätte für mich ausgehen können. Auch wurde diese Erinnerung in späteren Jahren nie als Manko bei der Brautschau empfunden.

Als kleiner Schuljunge wurde mir seinerzeit mein sehnlichster Wunsch nach einem eigenen „Rintintin" erfüllt. Es war zwar kein Polizeihund, aber immerhin konnte er lautgewaltig bellen. Nur leider hatten meine Eltern bei der Auswahl einen Fehler begangen. Die genetische Eigenart dieser Mischlingsrasse hatte bald zur Folge, dass das niedliche wuschelige Schoß-hündchen immer mehr an Wuchs zulegte und sich schließlich zu einem so genannten „Milchwagerl- Hund" entwickelte, wie er damals zum Ziehen der kleinen Karren mit den Milchkannen verwendet wurde, um die Kunden mit frischer Milch zu beliefern. Also wurde mein Geburtstagsgeschenk eines Tages klamm heimlich von meinen Eltern einem geeigneten Interessenten überlassen, der es wohl seiner ursprünglichen Bestimmung zuführte. Trotz heftiger Proteste meinerseits, und jeder erzieherischen Argumentation über die biologische Sinnhaftigkeit eines solchen übergroßen Hundewuchses unzugänglich, verschwand das geliebte Tier wieder aus unserem Haushalt. Dafür bekam ich aber einen graubraun gestreiften Kater, von mir einfallsreich „Fritzchen" getauft, nach meinem guten Onkel Fritz in Teplitz- Schönau. Er hat zwar erst einige Unordnung an den schönen Polstermöbeln meiner Mutter angestellt. Es bedurfte auch vieler Bemühungen, ihm zunächst beizubringen, dass seine „Geschäfte" nicht im Haus, sondern in der freien Natur verrichtet werden sollen. Es kostete einige Stunden, bis die Befolgung dieser menschlich für uns so einleuchtenden

Notwendigkeiten in sein kleines Katzenhirn einge-
hämmert und dort fest verankert waren. Handfeste
Nachhilfen waren dabei leider erforderlich.

Problematisch wurde es allerdings, als mein Vater eine
Werkswohnung seines Arbeitgebers, der Mannesmann-
Röhrenwerke, in der Lessingstraße 13 beim Siechen-
haus bekam, die mir damit einen Wechsel von der 3.
Klasse Volksschule von Oberdorf in die Gabelsberger
Schule einbrachte. Die Katze wurde in eine mit Löchern
versehene Schachtel gesteckt und darin von mir
eigenhändig zur neuen Wohnung gebracht, damit sie
nicht den Rückweg fand in die alte Heimstätte, sondern
nach ihrer Freilassung die neue Umgebung und
Wohnung auch als die ihre anerkannte. Das gelang
schließlich auch dank meines eindringlichen Zuredens
und liebevollen Pflege. Sie blieb noch viele Monate bei
uns, begann aber später nachts immer öfter
wegzubleiben und verschwand eines Tages ganz von
unserer Bildfläche. Der Ruf der Freiheit war ein auch mir
nicht unbekanntes Phänomen.

**4. Ein neuer Wigwam stellt neue   Herausforde -
rungen**

Mir fiel die Umgewöhnung in die neue Wohnung, fremde
Umgebung und neue Schule nicht gerade leicht. Doch
jeder „Indianer" muss einmal seinen Wigwam wechseln,
wenn er erwachsen wird, so waren jedenfalls meine
tröstenden Überlegungen. Auch wenn der Garten ganz
wesentlich weniger Entfaltungsmöglichkeiten für den
Entdeckungsdrang eines Jungen bot. Aber dafür fand
ich ein hölzernes Gartenhaus vor, das mich vor den

Blicken der gestrengen Mutter hervorragend schützte. Es bot dafür allerhand Heimlichkeiten Entfaltung, die sich im Laufe der Folgezeit fast ganz von selbst entwickelten. Außerdem war die eine Seite des Gartens mit einer etwas mehr als 2 m hohen Mauer und in einer gewissen Höhe mit einem Laufsims versehen, das für Spähübungen und Exkursionen in das Nachbargrundstück einen sehr guten Platz bot.

Das Beste an der neuen Wohnstätte aber war, dass im Erdgeschoss ein Berufskollege meines Vaters von Mannesmann, Herr Behrendt, mit seiner Familie wohnte, der ein leidenschaftlicher Jäger in seiner Freizeit war. Die Zimmerwände dieser Nachbarsfamilie waren mit Phantasie anregenden Jagdtrophäen geschmückt Alle meine mehr als 20 Karl May-Bücher nach einander hat der neue Freund verschlungen und mich auch mal an einer Treibjagd teilnehmen lassen. Die empfand ich als ein aufregendes Erlebnis, obgleich ich selbst keine Flinte in die Hand nehmen durfte. Vor allem gab der verständnisvolle und humorbegabte Herr dem heranwachsenden jungen Schüler gelegentlich mit einem versteckten Augenzwinkern heimlich ein kleines Schlückchen Wein oder auch mal ein paar Tropfen Kognak, um nicht den lautstarken Protest meiner Mutter auf sich zu ziehen. Er kam hinfort meinen allen erzieherisch weniger ins Konzept der elterlichen Regie passenden Versuchen sehr entgegen, noch vorhandene Altersunterschiede schneller zu überwinden als der Norm gemäß war. Seine Jagdleidenschaft bereiteten mir das Gefühl von Freiheit und Ungezwungenheit. Ich hatte in ihm einen sehr verständnisvollen älteren „Kameraden" gefunden, der – wenn es Not tat, was des Öfteren wohl erforderlich war – schützend seine Hand über meine kleinen Unarten hielt.

Zu seinem Hausstand gehörten neben einer gleichfalls sehr verständnisvollen Ehefrau auch Tochter und Sohn, beide mehrere Jahre älter als ich. Der Sohn Paul war studentisches Mitglied einer schlagenden Verbindung. Oftmals beobachtete ich ihn mit seinen Freunden beim Training für das Ausfechten scharfer Mensuren. Da blitzten die Säbel (oder waren es Degen?) und ich erfuhr einiges über Prim und Terz etc. Selbst durfte ich bei diesen Exerzitien natürlich nicht mitmachen, wenn ich auch mit Feuereifer als junger Zuschauer alle Schläge und Finten sehr aufmerksam verfolgte. Leider ist Paul Jahre später in Russland gefallen.

Allerdings fand ich reichlich Gelegenheit, meine Fechtkunst mit einigen Schülern der neuen Schule in der Gabelsberger Strasse mit den scharfkantigen Linealen, die eigentlich dem Zeichenunterricht dienen sollten, auszufechten. Man empfand mich hier offenbar, Neuankömmling der ich dort war, als eine Art Fremdkörper, der zudem auch einer anderen Gesellschaftsschicht zugehörig schien und dem man deshalb gehörig Mores beizubringen versuchte. Auch entsprachen einige der Rädelsführer teilweise nicht so ganz meinem eigenen Gusto. Meist verstand ich es gut, mich meiner Haut zu wehren. Wenn der Gegner zu viele wurden, verließ ich mich lieber auf meine schnellen Beine. Schließlich war die eigene Wohnstätte in der Lessingstraße nicht allzu weit entfernt und bot mir damit eine sichere Zuflucht.

Als Volksschüler mit meist sehr guten Leistungen erfüllten mir die Eltern wegen der guten Zeugnisnoten schließlich nicht ohne Zögern den Wunsch, mir zur Belohnung ein Luftgewehr zu schenken. Es konnte sowohl mit Bolzen als auch mit kleinen bleiförmigen Diabolo-Kugeln munitioniert werden. Das zielgenaue Schießen mit ruhiger Hand hatte ich sehr bald erlernt. Klassenkameraden waren oft bestrebt, zu Besuch kommen zu dürfen, um gemeinsam mit mir Schieß-übungen mit dem bolzenbestückten Luftgewehr zu machen. Die notwendigen Sicherheitshinweise für den Umgang beim Schießen wurden mir sehr eingehend eingeschärft, um Unfälle zu vermeiden und nicht Gefahr zu laufen. einmal die Schießscheibe mit einem lebenden Wesen zu verwechseln. Daran hatte ich mich auch immer streng gehalten, bis zu dem Tag, an dem mein Klassenkamerad Paul Günzel nach dem in der Wohnung durchgeführten Zielschießen auf eine Scheibe mit einem Bolzen, dessen Spitze abgebrochen war, das geladene Luftgewehr achtlos in die Ecke gestellt hatte. Seine Hausaufgaben hatte er noch nicht gemacht. Er musste schnell wieder nach Hause. Am Folgetag griff ich nichts Böses ahnend zum Gewehr, in dessen Lauf noch der abgebrochene Bolzen steckte. Ich selbst hatte nie mein Gewehr nach dem Schießen mit geladenem Lauf stehen gelassen. So zielte ich völlig arglos nur auf den beschuhten Fuß meiner Mutter, die ahnungslos auf der warmen Ofenbank saß und mir aufmerksam zuschaute. Ihren geflissentlichen Ruf >*Rüdiger, Du sollst doch nicht auf Menschen zielen*< überhörte ich mit der Entgegnung >*da ist doch nichts drin. Außerdem ziele ich nur auf Deinen Schuh*< und schon drückte ich ab. Ein schmerzhafter Aufschrei meiner armen Mutter ließ mich hochschrecken! Der Bolzen steckte zielgenau in der Spitze ihres Schuhes. Er hatte ihn durchbohrt, obgleich und - Gott sei Dank - er abgebrochen und kein Blut zu sehen war. Man erspare mir hier die Schilderung des Strafvollzuges, der danach einsetzte. Jedenfalls bekam ich einige Wochen mein Luftgewehr nicht mehr zu sehen.

Später, als ich wieder vertrauenswürdig schien, habe ich es zu treuen Händen erneut überlassen bekommen. Ein einziges Mal habe ich damit wieder verbotene Schießübungen gemacht. Als mich nämlich beim Überkleben einer mir nicht genehmen Parteiwerbung mit eigenhändig von mir gemalten Werbeplaketten ein Ordner dieser Partei erwischte und in das nahe gelegene Parteilokal zerrte. Für die mir dort verabreichten Ohrfeigen habe ich mich danach gebührend gerächt. Mein Luftgewehr konnte mit der Diabolo-Munition bestückt Entfernungen von etwa 150 m, wenn auch nicht zielgenau, aber doch so ungefähr, erreichen. Aus unserem hinter dem Haus gelegenen Garten zielte ich bei allmählich einbrechender Dunkelheit auf eine am Dach des nahegelegenen Parteihauses angebrachte Leuchtreklame, die mit kleinen bunten Birnchen bestückt war. Nach mehrmaligen Versuchen waren meine Erfolge durch Erlöschen einiger Birnchen dieser Wahlwerbung gelungen. Damit hatte ich meiner verletzten wunden Seele Genüge getan und verzichtete sicherheitshalber auf die Fortsetzung von weiteren Rachefeldzügen.

Inzwischen hatte ich auch mit einem anderen Schießinstrument gute Erfolge erzielt. Pfeil und Bogen waren eine bekannte Indianerwaffe, die sinnvoll eingesetzt, prachtvolle Äpfel und Birnen aus Nachbars Garten als Ergebnis zeitigte, ohne dass man einen Fuß auf den Boden des Nachbargrundstücks setzen musste. Beim Obstklauen wollte man sich doch keinesfalls erwischen lassen. Ich brauchte nur die Spitze eines selbst gezimmerten Holzpfeils mit einer Nagelspitze versehen und am Ende des Pfeils eine dünne, haltbare Schnur befestigen. War die lang genug, konnte man nach Abschuss aus dem im Nachbargarten zum Ausreifen angehäuften Obstberg an der Schnur den Pfeil zurückziehen und gelangte so auf ganz ungefährliche Art und Weise an die köstlich mundenden Obstssorten. Zum sicheren Halt auf dem vorhandenen Sims der Begrenzungsmauer diente das zum Nachbargrundstück parallel laufende übermannshohe Mauerwerk. Das gab eine reiche Ausbeute. Noch nie haben mir jemals Äpfel und Birnen so lecker geschmeckt, wie diese damals zielsicher erlegten Früchte. Mein Luftgewehr hätte dabei kläglich versagt.

Als sichere Rückzugsmöglichkeit bot sich mir außerdem unser am Ende des Gartens stehende Gartenhaus. Hier habe ich auch meine ersten Rauchversuche mit getrockneten Fliederbeerblüten absolviert. Dazu diente mir ein innen ausgehöhlter und zurecht geschnittener Teil eines Astes vom Holunderbeerstrauch An den ausgehöhlten Pfeifenkopf wurde ein gleichfalls ausgehöhlter Pfeifenstiel mit schwarzem Isolierband befestigt. Allerdings hatte diese selbst gefertigte Friedenspfeife den Nachteil, dass der auch noch zur Befestigung dienende einfache Tischlerleim beim Rauchen heiß wurde und das Konstrukt ganz übel zu brodeln und stinken begann. Das hatte ich zunächst nicht bedacht. Außerdem konnte meine liebe Mutter, die ab und zu nicht ohne guten Grund einen aufmerksamen Blick auf die Geschehnisse im Gartenbereich warf, die

Rauchwölkchen meines mit dem selbst geernteten Tabak gestopften Pfeifchens vom Fenster aus sehen. Als ich daraufhin zum Rapport befohlen wurde mit dem trockenen Bemerken >*Rüdiger, hauch mich mal an - Du hast geraucht !!!*<, war alles Leugnen vergebens. Die Ohrfeigen – nicht wegen der Rauchversuche, sondern wegen der Lügen - hatte ich wohl verdient. Da half danach auch ein trotziges Ausbüchsen auf die Straße hinten zur Mauer des dicht vor uns liegenden Siechenhauses nichts. Auf dieser abgelegenen Sichtseite wurde mir aber als einsames Mauerblümchen meine Schmollstunde bald zu langweilig. Reumütig kehrte ich danach wieder in Mutters Obhut zurück und versprach, zukünftig derartige Rauchversuche zu unterlassen. Das habe ich daheim weniger konsequent durchgehalten als später bei „Preußens Gloria" in der Kriegszeit, wo ich meist lieber meine Zigarettenzuteilung gegen „Fressalien" eingetauscht habe.

Vom Weinberg hoch lacht das Gymnasium / Oberschule f.Jungen

In weiser Voraussicht hatte ich in das teilweise an einigen Stellen etwas locker gewordene Mauerwerk zum

Nachbargrundstück eine Aushöhlung geschaffen, die zum Unterbringen von allerhand „Geheimen" diente, das nicht unbedingt meinen Eltern bei nächster Visitation des Gartenhauses in die Hände fallen sollte. Dieses Geheimfach wurde mit einem passenden Ziegel vorne wieder verschlossen, den man je nach Bedarf hinein schieben oder wieder herausnehmen konnte. Außerdem hatte ich inzwischen aus dem Jugendbuch „Das Neue Universum" einmal eine Geheimschrift übernommen, die ich bald auswendig gelernt hatte. So waren meine Interessen stets vor den Augen anderer Menschen doppelt gewahrt. Nur zwei Freunde meiner Klasse vom Gym erhielten von mir eine Zweitschrift. Das Geheimfach, von dem natürlich vor Kriegsende meine Eltern vorsorglich von mir Kenntnis erhielten, nützte dann nach der Besetzung noch zum Versteck einiger Papiere, die nicht unbedingt bei eventuellem Besuch tschechischer Milizen in deren Hände fallen sollten. Wie sich dumme Jungenstreiche doch manches Mal als ganz nützlich erweisen können.

5. Sportliche Ertüchtigung

Meine gute körperliche Verfassung sorgte dafür, dass ich beim Schulunterricht im Turnen oft die Nummer 1 war. Meine gute Konstitution befähigte mich, so manche Rauferei mit viel Erfolg zu beenden. Ohne die eine oder andere Blessur kam ich dabei jedoch auch nicht davon. Heute zählt so etwas als unvermeidlicher Kolateralschaden. Meine Rauflust ging noch während der Volksschulzeit selbst im Unterricht so weit, dass ich es einige Male mit meinem für derartige Mätzchen durchaus zugänglichen, sehr beliebten Klassenlehrer (Name leider entfallen) darauf anlegte, herauszufinden, wer wohl der Stärkere wäre. Ich fasste den vom Lehrer bereitgehaltenen Rohrstock, der sonst anderen Zwecken diente, an beiden Seiten. Dann zogen wir gegenseitig mit beiden Händen – ich natürlich mit voller Kraft, er etwas verhalten - in entgegen gesetzten Richtungen daran vor den Augen der ganzen Klasse während des Unterrichtes. Dabei war ich mir der johlenden Unterstützung meiner Klassenkameraden sicher. Heute frage ich mich allerdings nach der pädagogischen Bedeutung dieser Kraftübung. Zumindest zeigte sie mir, dass meine Muskelkraft noch um Einiges zulegen musste, bis ich mich mit meinen Helden aus der erworbenen Schundliteratur oder dem Kintopp würde messen können. Doch mein Prestige unter den Mitschülern war damit enorm gewachsen..

Während ich in früheren Jahren viel mit dem Trittroller im Sommer auf glatten Gehwegen oder den wenigen Asphaltstrassen meine Runden drehte, war ich später aufs Fahrrad umgestiegen. Bevorzugte Fahrweise war für uns Jungen das Freihandfahren. Einige Schürf-wunden auf beiden Knien zeugten anfangs von den noch nicht ganz erfolgreichen Fortschritten der Geschicklichkeit. Doch bald hatte ich es geschafft. Ich war reif für die allseits beliebten Fahrübungen in den Roten Bergen beim Alaunsee mit meinem Freunden Ernst Eichler (Vatt) oder Herbert Heueisen vom Gym. Hier waren die ehemaligen Abraumhalden aus der Zeit der Alaunausbeute im später abgesoffenen See in meterhohen Anhäufungen und Senken miteinander verbunden und von den Reifen zahlloser jugendlicher Fahrer auf ihren Rennern glatt gefahren worden.

Senken und Höhen dieser Erdmassen eigneten sich hervorragend für die kunstvollen Renn-Karussell-übungen mit dem eigenen Rad. Das waren Erfolgserlebnisse eigener Art, die ich mit einigen Kollegen dort genoss. Wie gut, dass meine Mutter davon nichts wusste – vermutlich wäre mir das Fahrrad längere Zeit entzogen worden, weil es tatsächlich nicht ganz ungefährlich war, zumal damals Sturzhelme für Radfahrer noch unbekannt waren.

Der Komotauer Lausbub mausert sich

Doch bleiben wir beim Alaunsee. Er bot für uns Jugendliche sowohl im Sommer wie auch im Winter ein wunderbares Vergnügen. Ich genoss den Vorzug, eine der besonderen Kabinen vom Werk (wie Mannesmann bei uns hieß) als Sohn eines der Mitarbeiter dieses Unternehmens zu nutzen. Sobald man das Schwimmen einigermaßen erlernt hatte, in meinem Fall am Anger-Teich in Probstau bei Teplitz, tobte die Jugend der Stadt in den Sommermonaten dort in den Anlagen der

„Schwimmschule". Die aus Holz gezimmerten Gehsteige vom Ufer in den See vibrierten oftmals vom Laufschritt der jungen Leute, die sich gegenseitig jagten und mit lautem Platschen ins lockende Nass sprangen. Dazu kamen als Attraktion die Anlagen für die Wasserrutsche und die Sprungbretter, vorzugsweise für jene, die oft ihren bewundernd zuschauenden Mädchen ihren Mut beweisen wollten. Allerdings muss ich gestehen, dass Mädchen in meinem vorpubertären Alter für mich meist noch Menschen zweiter Klasse waren. Pardon, dass ich hier bei der Wahrheit bleibe. Die notwendige Selbstüberwindung für das Kunstspringen fand ich einige Jahre später, als ich meine Internatschule besuchte.

Besonderes Gefallen hatte ich am Tauchen und Schnorcheln. Das war allerdings wegen des hohen Alaungehaltes des Wassers auf die Dauer nicht besonders empfehlenswert. Bei längerem Aufenthalt im See waren die Augen meist rot gerändert. Die Tauchkünste und das lang anhaltende Unterwasserschwimmen habe ich allerdings später sehr gut vervollkommnet. So gelang es mir, Grund-, Leistungsschein und das Zeugnis als Rettungsschwimmer zu bekommen. Das war Jahre später in Dresden bei den Übungen am Elbwasser in der Rekrutenzeit für die Pionierausbildung von großem Nutzen. Gestatteten sie mir doch, bei dem oft recht anstrengenden Bau von Kriegs- oder Behelfsbrücken gemütlich im Schlauchboot zu wachen, um bei Unfällen gegebenenfalls sofort als Rettungsschwimmer zur Stelle zu sein.

Das „Schleifen", wie das Schlittschuhlaufen im Winter bei uns hieß, war nicht unbedingt mein Steckenpferd. Vielleicht lag das daran, dass mir meine Mutter ihre alten, nicht mehr ganz den Erfordernissen der Gegenwart entsprechenden „Leierle- Schecksen" vermacht hatte, mit denen ich nicht so gut zurecht kam (oder kommen wollte). Deshalb fand ich auch zu dem allseits so beliebten Eishockeysport, der am See oder später auf den entsprechend hergerichteten Jahn-spielplätzen die männliche Jugend anzog, keinen rechten Zugang. Dagegen stand ich sehr früh mit den eigenen Skiern, meinen Bretteln, zuerst am Katzenhübel unter der kundigen Anleitung der Frau Mama, später auf der Schützenwiese zwischen der Plattnerstraße und dem Hutberg mit einigen Gleichgesinnten. Hier konnte man nach Herzenslust den Stemmbogen, den Cristiana oder auch im Tiefschnee den Telemark üben. Leider gab es zu unserer Zeit damals noch keinen Skilift, der uns das mühsame Hinaufgrätschen nach der Talabfahrt wieder auf die Höhe des Berges erspart hätte. Aber gesund war das allemal, wenn auch recht schweißtreibend. Todmüde machten wir uns deshalb meist bei hereinbrechender Dunkelheit wieder auf der Straße zur Ruhlandshöhe auf die Heimfahrt. Zum Glück gab es in jener Zeit noch kaum Autoverkehr auf den Straßen. Auch weiterführende Skitouren ins Erzgebirge nach Märzdorf oder Neuhaus waren dann in späteren Jahren angesagt.

Großen Anklang bei der Komotauer Jugend fand im Winter auch das Rodeln auf der Richter- Rutsch. Sie befand sich praktisch noch innerhalb der eigentlichen Stadtgrenze vor der Pirkner Straße. Hier bot sich der halbwüchsigen Jugend unserer Stadt zum Austoben mit den Schlitten eine für sie zu befahrende Anhöhe mit einer Anzahl von Mulden und Hübeln, die das Rodeln zu einer einzigartigen Gaudi werden ließen. Wegen der unkontrollierten Fahrweise der vielen jungen Leute gab es oft Stürze. Außer einigen blauen Flecken und auch mal einer Verstauchung hinterließ das ausgelassene Treiben auf dieser relativ breiten Schlittenbahn aber kaum ernsthafte Verletzungen.

Einen der letzten großen Späße habe ich mir schon als wohlbestallter Gymnasiast zusammen mit einem guten Freund, dem Langer Rolf aus Weipert, geleistet. Er wohnte einige Zeit zur Miete bei den Eltern vom Lerch Hardi (beide damals Mitschüler vom Gymnasium) in einem eigenen Zimmer in der Nähe vom städtischen Friedhof. Das bot natürlich für uns den Vorteil, unbeaufsichtigt unseren Schabernack nach Beendigung der gemeinsam gemachten Aufgaben zu treiben. Also legten wir draußen vors Fenster eine leere Geldbörse auf den Gehweg mit einem daran befestigten, kaum sichtbaren dünnen Faden. Sobald eine Person des Weges kam und sich bückte, um den vermeintlich guten Fund aufzuheben und gar einzustecken, zogen wir das Geldtäschchen an dem Faden blitzschnell aus der Griffweite, meist ganz nach oben in unser offen gebliebenes Fenster im ersten Stock.. Da uns das danach oft ertönende Geschimpfe der so genasführten Personen in unserem Übermut wenig störte und auch die meist nicht anwesenden Hauswirte davon nichts mitbekamen, ging das Spiel so lange, bis wir es satt hatten.

6. Die graue Kluft / Zeitenwende

Als Gymnasiast war dann auch die Zeit reif für mich, die graue Kluft der deutschen. Jungturner anzulegen. Bei Heimabenden, Geländespielen und Geräteturnen konnte ich meine Interessen und Befähigungen voll im Wettstreit mit Freunden zur Geltung bringen. Die Zeit war reif, vom Indianerspielen zu etwas disziplinierteren Spielarten überzuwechseln, um dem jugendlichen Übermut ein Ventil zu schaffen. Ich glaube, meine Eltern waren heilfroh, dass die Flegeljahre allmählich überwunden wurden. Eine Zeitenwende begann anzu-brechen, auch für den früheren Lausejungen, vor dem nichts sicher zu sein schien. So wurde ich ein immer häufiger anzutreffender Gast auf den Jahnspielplätzen und in der neuen Turnhalle.

Die politischen Querelen mit den Tschechen und die wachsende Animosität zwischen Ihnen und den anderen Bevölkerungsgruppen, insbesondere mit der immer stärker an Zulauf gewinnenden deutschen Henlein-Partei nahmen bedrohliche Formen an. Die von Masaryk einst vor der Weltöffentlichkeit gerühmte Staatsform der Tschechoslowakei als einer zweiten Schweiz in Mitteleuropa bekam in den dreißiger Jahren die Konturen eines vor der Explosion stehenden Hexenkessels. Eine seit Gründung der CSR systematisch betriebene Tschechisierungspolitik der überwiegend von Deutschen besiedelten Randgebiete in Böhmen, Mähren und dem ehemaligen Österreichisch-Schlesien hat ihren Niederschlag in den wirtschaftlichen und sozialen Strukturen unserer Heimat schmerzhaft hinterlassen. Die von sudetendeutscher Seite betriebenen Versuche, eine eigenständige politisch-kulturelle Autonomie zu erreichen, waren an der uneinsichtigen Haltung tschechischer nationaler Hartnäckigkeit gescheitert. Das ging bereits seit Gründung des Staats 1918 bis zu den Ergebnissen des sogenannten Münchner Abkommen 1938 in einem fort. An unserer jugendlichen Gefühlswelt sind all die Eindrücke aus jenen später noch aus dem „Altreich" unter Hitler hochgeputschten Empfindungen nicht spurlos vorbeigezogen, wie das nachstehende eigene Erleben beispielhaft zeigen dürfte.

Zusammen mit Anni, der älteren Tochter unserer Mitbewohnerfamilie Behrendt und einer weiteren schon ins heiratsfähige Alter herangewachsenen Tochter der Nachbarsfamilie Biedermann durfte ich eines schönen Sommermorgens einen Ausflug nach Kallich bis zur sächsischen Grenze unternehmen. Meine Eltern hatten volles Vertrauen in die erzieherischen Fähigkeiten dieser beiden jungen Damen. Vor der Grenze angekommen, bedrängte ich sie mit Erfolg, einen schnellen, natürlich ungesetzlichen Übertritt in das Hoheitsgebiet des Deutschen Reiches durch den dichten Grenzwald zu wagen. Einige hundert Meter legten wir so in aller Vorsicht und gut gedeckt durch Bäume und Strauchwerk zurück, bevor meine Begleitung mich von der Notwendigkeit einer Umkehr ins „Böhmische" überzeugt hatte. Als Mitbringsel und bleibende Erinnerung an das von uns so sehr verehrte Altreich habe ich jedoch meine Hosentaschen mit einigen größeren Kieselsteinen gefüllt. Sie sollten ein bleibendes Andenken an Deutschland sein, das unser aller Gedanken und Hoffnungen im unterdrückten

Sudetenland bewegte. Die damit verbundenen Hoffnungen und Gefühle können vermutlich von Binnendeutschen nie nachvollzogen werden. Bis unsere Sehnsucht, den Brüdern jenseits der Grenze einmal nach der Befreiung unsere Hand zu reichen, durch das vorangegangene Münchner Abkommen Anfang Oktober 1938 endlich Erfüllung fand.

Damals war ich 3 Tage heiser vom „Heil"- Schreien zur Begrüßung der grauen Kolonnen, die unsere deutsche Stadt Komotau in ihren Mauern willkommen heißen durfte. Zunächst aber musste ich mich mit diesen steinernen Andenken begnügen. Sie waren von mir zwischen den Doppelfenstern unserer Wohnung drapiert worden, anstelle der früher dort von mir abends abgelegten Quarkpäckchen für den Klapperstorch, der leider meinen Wunsch nach einem Brüderchen trotz der verlockenden Leckerei niemals erfüllte. Statt dessen erfüllte mich damals dieses Versagen voller Zweifell in die Glaubwürdigkeit deutscher Volksweisheiten.

Als junger Schüler des Komotauer Gymnasiums war ich noch in der Tschechenzeit darauf bedacht, meine deutsche Gesinnung durch das Anlegen von weißen Kniestrümpfen und Lederhosen nach außen deutlich sichtbar zu machen. Auch der altüberkommene Volkstumsbrauch des Sonnwendfeuers zog immer mehr Sudetendeutsche in seinen Bann. Es waren für mich erhebende Gefühle in die lodernden Flammen zu starren und sich einer großen Gemeinschaft Gleichgesinnter verpflichtet zu fühlen und dies mit alten Volksliedern lautstark kund zu tun. Zu Hause stand natürlich der Radioempfänger, damals noch mit auswechselbaren Spulen für Mittel- und Langwellen-

Empfang meist auf dem Deutschand-Sender, um ja keine Nachrichten zu verpassen. Mein Vater bezog seiner politischen Einstellung entsprechend in der CSR seine Informationen vorwiegend aus der deutschen „Bohemia-Zeitung". Mich interessierte das Blatt dagegen kaum, hatte ich doch meine eigene Lesewelt.

Trotz der deutschnationalen Gesinnung der Familie pflegten wir lange Zeit einen engen, freundschaftlichen Verkehr mit einer jüdischen Familie namens Lieberls. Die einseitige rassentheoretische Ausrichtung des NS-Systems war uns fremd. Mit deren gleichaltrigen Tochter Ria habe ich mich blendend verstanden. Ich erinnere mich leider nicht mehr, wann diese lieben Leute aus unserem Gesichtskreis verschwanden. Vermutlich war das noch vor der denkwürdigen Reichskristallnacht, als in Komotau der Judentempel, wie wir die Synagoge damals etwas despektierlich nannten, am 9. 11. 1938 plötzlich in hellen Flammen stand. Mein Onkel Max aus Prag, der gerade zu Besuch bei uns weilte und dank seines Berufes als Cerealienhändler an der Prager Börse einen besonders engen Kontakt mit vielen jüdischen Geschäftspartnern pflegte, war sehr betroffen. Er weilte stumm mit mir vor dem Flammenmeer und verlor kein einziges Wort zu dem Vorgang, der mir verständlicherweise als Dreizehnjährigen in seiner Tragweite gar nicht bewusst wurde.

Internaterziehung
in
Schloss
Ploschkowitz
bei Leitmeritz

Bei einer meiner Skitouren im Winter 1938/39 nach Märzdorf eröffnete mir die damalige HJ-Führung, dass man mich für die Aufnahme in eine Adolf-Hitler-Schule vorschlagen wolle. Diese reine Parteiführerschule war jedoch weder nach meinem noch nach dem Geschmack der Eltern das Richtige. Die „Goldfasane", wie die Parteiführer sehr schnell nach dem Anschluss an das Reich genannt wurden, entsprachen nicht unseren eigenen Vorstellungen. Dagegen war ich nicht abgeneigt, an der mir von der Direktion der Oberschule in Komotau vorgeschlagenen Aufnahmeprüfung in ein Napola-Internat, der neu gegründeten N.P.E.A. „Sudetenland" in Ploschkowitz bei Leitmeritz teilzunehmen. An dieser 2 volle Tage dauernden, geistige und körperliche Anforderungen umfassenden Aufnahmeprüfung nahm ich dann mit Erfolg teil. So wurde ich im April 1939 Jungmann dieses neu gegründeten Internats. Die Schule hatte eine umfassende Ausbildung und Prüfung der charakterlichen und schulischen Fähigkeiten für den Erwerb der Reifeprüfung zur Heranziehung einer auf allen Berufssparten des öffentlichen Lebens vorbereitenden Bildungsschicht zum Ziele. In gewisser Weise waren die Internate eine Fortsetzung der früheren preußischen oder österreichischen Kadettenanstalten, die allerdings einen rein militärischen Charakter für die Berufsausbildung des Offiziersnachwuchses hatten. Sportliche Befähigungen wurden in unseren Anstalten großgeschrieben, gemäß dem bekannten Spruch der alten Lateiner: „mens sana in corpore sano" (Ein gesunder Geist in einem gesunden Körper). So erhielten wir Unterricht im Skilauf in der Steiermark, Segelfliegen (B-Prüfung) im Böhmischen Mittelgebirge, Hochseesegeln in dänischen Gewässern auf der Ostsee und vieles Andere mehr. Wie vielen meiner neuen Klassenfreunde tat es mir sicher gut, in dieser Anstalt Disziplin und Ordnung in einer Gemeinschaft jugendlich Gleichgesinnter fernab von Mutters fürsorglicher Hand kennen zu lernen. Weitere Einzelheiten will ich mir hier sparen. Während der Kriegsjahre erfolgten vielfach Ernteeinsätze in der Landwirtschaft, beispielsweise im Burgenland, im Warthegau und auch auf heimischen Bauernhöfen. Der vor dem Kriege gepflegte Austausch mit ausländischen Schülern zum gegenseitigen Kennenlernen und Verständnis anderer Völker musste leider aus kriegsbedingten Gründen entfallen..

Bei einer meiner sommerlichen Ferienaufenthalte in Komotau fand ich Gelegenheit, von meinem Patenonkel Karl Walz im Grundtal eine mehrtägige private Ausbildung im Reiten zu genießen. Der gute Onkel hatte ursprünglich, wie meine Mutter, von Geburt her die Schweizer Staatsangehörigkeit seines Vaters, der als Ingenieur aus der Schweiz kommend bei Mannesmann in Komotau tätig und hier ansässig geworden war. Für die Aufnahme in die Reiter-SA legte mein Onkel seine Schweizer Staatsbürgerschaft nieder, um die Deutsche zu erwerben. Ich erinnere mich noch wie heute, dass meine liebe Mutter darüber traurig und empört über diese Dummheit war. Das Reiten und der Umgang mit Pferden hatten es dem guten Onkel angetan, ganz abgesehen von seiner Begeisterung für das Großdeutsche Reich mit all seinen politischen Facetten. Meine Mutter als gebürtige Schweizerin hatte ihre eigene Staatsbürgerschaft bereits durch die Heirat mit meinem aus St. Joachimsthal stammenden ehemals österreichischen Vater von Gesetzes wegen verloren. Wie alle im Sudetenland ansässigen Deutsch-Österreicher hatte mein Vater schon 1918 mit der Einbeziehung der sudetendeutschen Gebiete in die neu gegründete Tschechoslowakei in Verbindung mit den aufgezwungenen Verträgen von St.Germain und Versailles die ungeliebte neue Staatsangehörigkeit von Gesetzes wegen als Bürger des neuen tschechoslowakischen Staates erhalten. Eine Alternative, es sei die des Auswanderns, gab es nicht.

7. In Liebe entbrannt

Gerne erinnere ich mich auch an meinen zweimonatigen Einsatz als Lagermannschaftsführer einer Schar von etwa 50 – 60 Berliner Schuljungen, die ich im Winter 1942/43 in St. Joachimsthal auf Veranlassung meiner Internatsleitung zu betreuen hatte. Auch die höchste Erhebung des Erzgebirges, den Keilberg, lernte ich bei dieser Gelegenheit im winterlichen Tiefschnee kennen. Im tiefen Neuschnee, aber damals ohne Ski an den Füßen, stapfte ich eines Sonntags in Begleitung eines hübschen jungen Mädchens aus dem vertrauten

Erzgebirgsstädtchen St. Joachimsthal zu Fuß bis zum Keilberg. Sie war Angestellte einer in der Stadt ansässigen Tabakfabrik. Ich hatte sie ganz zufällig bei einem sonntäglichen Spaziergang während meiner Freizeit kennen gelernt. Wir hatten uns sehr schnell angefreundet und Gefallen aneinander gefunden. Schließlich war ich mittlerweile in ein Alter gekommen, in dem das Interesse am anderen Geschlecht allmählich wach zu werden beginnt. Neue Gefühlswelten taten sich unvermittelt für einen heranreifenden jungen Mann auf, die zu erkunden mir ein Herzensbedürfnis war. Schließlich hatten auch ehemalige Schulkameraden – zumindest wenn man ihren Erzahlungen im vertrauten Kreise Glauben schenken durfte – diese „terra inkognita" - das für uns Internatschüler zumeist noch unbekannte Land, schon zu erkunden versucht. Man wollte auch in dieser Hinsicht nicht zurückstehen und erste Erfahrungen sammeln. Vergleichsweise fühlte man sich als Internatschüler gegenüber den alten Schulfreunden von zu Hause im Nachteil. Zumindest war mir ja durch die bewiesene Zuneigung meiner jungen Gespielin vom Sandkasten schon etwas von der Vorgehensweise beim Küssen bekannt. Wenn dies auch damals erst auf den passiven Teil beschränkt war.

Außerdem hatte ich bei einem im Sommer stattgefundenen Ernteeinsatz im Wartheland bei dem Töchterlein des dortigen Bauern unter den ver-ständnisvollen Blicken ihrer Tante erste Erfahrungen im vertrauten Miteinander sammeln können. So kam es dann, wie es kommen musste. Ich war bald hoffnungslos verknallt in meine Helga. Beinahe hätte ich meine Pflichten als Lagermannschaftsführer vernach-lässigt, doch da war mein Verantwortungsgefühl doch stärker und hielt mich auf den rechten Wegen. Aber ich hatte damit eine schreibfreudige Brieffreundin gefunden. Zwar trafen wir uns noch einmal während einer Urlaubsperiode kurz vor meiner Einberufung nach Dresden zum Antritt meines Wehrdienstes in der alten Bäderstadt Karlsbad. Doch dabei blieb es auch.

Schicksalhafter
Theaterbesuch
in den Komotauer
Parksälen
am 29. Mai 1943

Als ich dann meine spätere Ehefrau Susi, mit der mich mehr als 50 glückliche Ehejahre nach Rückkehr aus dem Krieg verbunden haben, zwei Tage vor Antritt des Wehrdienstes zu Hause mit dem Kriegsabitur-Zeugnis in der Tasche kennen lernte, war schnell ein einfühlsamer Abschiedsbrief an Helga formuliert. Er bereitete diesem kurzen Techtelmechtel ein abruptes Ende. Da ich einigermaßen schreibgewandt war, hatte ich schon des öfteren Schulfreunden bei ähnlichen Vorhaben etwas Hilfsdienste geleistet. Wie groß jedoch Helgas Zuneigung war, konnte ich nach Kriegsende in Siegburg/Rhld. feststellen, als mich dort von ihr ein sehr netter Brief erreichte mit dem Versuch, das ehemals liebevolle Band wieder aufleben zu lassen. Mit meinem Antwortschreiben, inzwischen schon ein paar Jahre verheiratet und wohlbestallter Vater eines Sohnes zu

45

sein, habe ich mich erneut veranlasst gesehen, die Hoffnung auf ein Wiederaufleben der zarten Bande zu zerstören.

8. Kriegsdienst und Verlust der Heimat

Der damit beginnende neue Zeitabschnitt stellte die Zäsur zwischen meiner Jugendzeit in der Sudetendeutschen Heimat und der Mannwerdung im Kriege mit der damit einhergehenden für uns alle so schicksalsschweren Vertreibung aus der geliebten Heimat dar. Ich möchte daher meine Schilderung des heranwachsenden unbeschwerten Lausejungen aus der schönen Deutschherrenstadt Komotau passend mit dem für meinen weiteren Lebensweg gleichfalls so schicksalhaften Theaterbesuch in den heimischen Parksälen einleiten, ohne hier auf meine kurzen Kriegserlebnisse näher einzugehen. Er hat zwei Menschen zusammen geführt, die füreinander bestimmt waren, alle Wirren des Krieges und der Nachkriegsjahre überstanden haben und mehr als 50 glückliche Ehejahre zusammen erleben durften.

Man spielte an jenem 29. Mai 1943 in den Parksälen von Ralph Benatzky das amüsante Lustspiel „Schäfchen zur Linken wird Freude uns winken". Mit meinem früheren Komotauer Schulfreund Heinz Löschner saß ich in einer der vorderen Reihen, um bei dem Auftritt der teilweise recht luftig bekleideten Balletteusen möglichst wenig zu versäumen. Während der Darbietungen der Damen wechselte ich mit meinem Freund neben mir verständlicherweise mit Kennermiene einige kenntnisreiche Kommentare. Dabei bemerkte ich, wie sich von der Reihe hinter uns eine junge Zuschauerin mehrfach nach vorne beugte, offenbar um etwas von unserer vertraulichen, im Flüsterton geführten Unterhaltung mit zu bekommen. Das hübsche Gesicht kannte ich doch? Es gehörte einer Oberschülerin, die zu der Zeit, als ich noch die Schulbank in der Komotauer Oberschule drückte, ein oder zwei Klassen unter mir dort noch „De Bello Gallico", den Gallischen Krieg von Julius Cäsar, büffelte. Es war Susanne Strubl, kurz Susi gerufen.

In der folgenden großen Pause sprach ich natürlich die aufmerksame Mithörerin unserer vertraulichen Herrenkonversation ganz forsch an und fragte sie, da ich bemerkt hatte, dass der Platz neben ihr frei war, ob sie von ihrem Verehrer versetzt worden sei. >*Nein, keineswegs, was ich denn denke.?! Aber mein Mitschüler hatte die Salatpflanzen nicht eingepflanzt, wie ihm sein Vater auferlegt hatte. Da wurde der Theaterbesuch gestrichen.*< Das war ihre einleuchtende Antwort. So streng waren damals noch die Bräuche*!*

Damit war für mich die weitere Marschroute des Abends festgelegt. Ich suchte ohnehin eine nette, neue Brieffreundin für die Zeit meiner Rekrutenausbildung im schönen Elbflorenz und vielleicht auch für die Zeit danach. Also fasste ich die Gelegenheit beim Schopf und bot unserer liebevollen Lauscherin ganz charmant Arm und Begleitung für den Weg nach Hause zur elterlichen Wohnung in die Weitmühlstraße 18 durch das verdunkelte Komotau an. Wie schön, dass es Verdunkelungsvorschriften gab, noch dazu, wenn sich ein kleiner Umweg durch den Stadtpark anbot. Hier hatten wir früher als Halbwüchsige unseren „Wenz", den Parkwächter, zuständig für Ordnung und Sauberkeit in den Anlagen, oft zur Raserei gebracht, wenn er von uns veräppelt worden war.

Jetzt gingen die Uhren anders und ich war bemüht, den leicht frivolen Eindruck, den mein Freund und ich bei unserer stillen Zuhörerin vorher möglicherweise gemacht hatten, durch entsprechenden Themenwechsel zu verwischen. Unwillkürlich hatte ich während unserer Unterhaltung unsere Schritte in Richtung Rosenpark gelenkt. Die frühlingshafte Atmosphäre und der zarte Duft der ersten erblühten Rosenknospen müssen vermutlich bei uns eine zauberhafte Wirkung ausgelöst haben. Oder war es die Nachwirkung des eben genossenen Lustspiels auf der Bühne, das unsere Hormone zum Tanzen gebracht hatte? In Kenntnis dieser möglichen Zusammenhänge bin ich mir hier heute nicht mehr so völlig sicher. Jedenfalls kamen wir uns sehr schnell näher, so dass bald die ersten Küsse nicht ausblieben. Inzwischen hatte ich in dieser Hinsicht doch schon einschlägige Erfahrungen sammeln können. Zumindest beanspruchte der Heimweg vom Theater in die Weitmühlstraße, der elterlichen Wohnung meiner Angebeteten, doch seine Zeit. Wir verabredeten uns dann vor dem Abschied für den nächsten Tag zu einem längeren Spaziergang auf den Hutberg. Bis dahin hatte ich nachts noch einen sehr ausgiebigen Abschiedstrunk, der sich bis in die Morgenstunden hinzog, bei meinem Freund zu Hause zur Brust genommen. Susis Schulfreundin Edith Zahner sah meine leicht wankende Gestalt am frühen Morgen vor der Jahnturnhalle, wie sie es danach prompt meiner jungen Bekanntschaft eilfertig verkündete. Die Mädchen waren zur Ableistung sportlicher Wettkämpfe für den Erwerb der Siegernadel schon am frühen Morgen angetreten. Von da ab nahm die Geschichte ihren vom Schicksal vorbestimmten Lauf. Wir versprachen uns ganz fest, den 30. Mai hinfort in jedem Jahr als unseren Kennenlern- und Wiedersehenstag zu begehen und das Menschenmögliche zu tun, um uns an diesem Tag - wo auch immer - wiederzusehen.

Dieses Versprechen haben wir auch gehalten. Doch das ist eine andere Geschichte.

Dieses Foto meiner Susi mit den Versen aus

Iphigenie :

„Heraus in euren Schatten..."hat mich an die Front und bei all meinen späteren Reisen als bleibende Erinnerung stets begleitet

Zunächst aber noch eine kleine ebenfalls bezeichnende Episode während eines Urlaubs in Komotau nach meiner Rekrutenzeit. Wir hatten uns mit 2 Schulfreunden meiner Susi während der Unterrichtszeit in der Oberschule am Weinberg zum Besuch in der großen Pause verabredet. Der eine war unser guter Steiner Hard, der Susis enge Freundin Hilde heiß verehrte. Plötzlich gab es während dieser Pause Fliegeralarm. Die Sirenen heulten, deshalb war keine Zeit zu verlieren und wir eilten alle in den dafür eingerichteten Luftschutzkeller von Susis Klasse, der gleichzeitig, wenn ich mich recht entsinne, auch als Notapotheke eingerichtet war. Bei dem Besuch des Luftschutzraumes, an dem ich als einziger Uniformierter natürlich mit teilnahm, ging es trotz des Fliegeralarms bei dem lautstarken Schäkern mit den jungen Damen leicht beengt auf den Sitzgelegenheiten zu. Plötzlich öffnete sich die Tür und herein trat der diensthabende Professor Peer mit sehr gestrenger Miene. Ich saß auf dem Sofa neben Susis Cousine Gretel, Nach meiner kurzen Entschuldigung, dass wir wegen des Fliegeralarms diesen Zufluchtsort mit den jungen Damen zusammen aufgesucht haben, um nötigenfalls Hilfsdienste leisten zu können, verschwanden das gestrenge Gesicht des Herrn Professors wieder und wir Besucher mit der nach einiger Zeit eintretenden Entwarnung ebenfalls.

Diese Episode hatte jedoch, wie zu erwarten war, ein Nachspiel. Die jungen Damen wurden daraufhin ins Rektoratszimmer beordert und von Prof. Peer mit den Worten zurecht gewiesen: >*Margarethe, eingeklemmt zwischen zwei Kavalieren.... usw., usw.*<. Natürlich habe ich das hinterher brühwarm von meiner lieben Susi erfahren. Entrüstet war ich der Auffassung, dieser Prof müsse dafür einen Denkzettel erhalten. Was hatte der für Vorstellungen von unserem Treiben? Ich setzte mich hin und verfertigte mit schneller Hand ein Spottgedicht, das mit den Worten begann:

>Im fernen Land Sibirien, wo Stalins Politruks regieren, wo Füchse gute Nacht sich sagen, hört man des nachts die **Bären** klagen....:<. Dieses einige Strophen umfassende Elaborat hängte ich am Folgetag während des Unterrichts, als alles Personal und die Schüler in den Klassenzimmern waren, ans Schwarze Brett neben

dem Eingangstor. Fast ein Jeder hat es dort natürlich mit großem Interesse gelesen und sich seinen Reim darauf gemacht, weil die Geschichte mit dem Besuch im Luftschutzraum und dem daraus folgenden Nachspiel natürlich schnell die Runde unter den Schülern gemacht hatte. In der danach folgenden Unterrichtsstunde des so genasführten Herrn Professors fühlte dieser sich bemüßigt, vor der schmunzelnden und ganz still sitzenden Klasse einen Vortrag über seine gute deutschnationale Einstellung etc zu halten. Er brauche sich darüber keine Vorhaltungen machen zu lassen von wem auch immer. Wir haben uns darüber naturgemäß lustig gemacht. Heute, in Kenntnis all der Unbill denen später auch die Angehörigen des gymnasialen Lehrkörpers von den Tschechen im Zwangsarbeitslager Maltheuern bei Brüx ausgesetzt waren, tut es mir leid. Ich wollte gewiss nicht dem hochverehrten Prof. Peer zu nahe treten und seine nationale deutsche Gesinnung in Zweifel ziehen. Das als Nachwort zu dieser Geschichte.

Noch einmal komme ich auf mein Treiben als „Komotauer Lausbub" zurück. Ich war im Herbst 1944 bei einem Kompanieführer-Lehrgang in Hradischko bei Prag. Wir hatten zum Wochenende 2 Tage dienstfrei und ich verzehrte mich vor Sehnsucht nach meiner Susi in Komotau. Kurz entschlossen richtete ich mein Bettzeug in der mit 6 Mann belegten Stube so, als läge eine schlafende Gestalt im Bett. Dann informierte ich meine Offizierskameraden, wie sie sich bei einem eventuellen Dienstbesuch eines Vorgesetzten verhalten sollten. Ohne die üblicherweise nötigen Urlaubs- und Ausweispapiere verließ ich die Lehrgangsanlagen, nahm die nächste Fahrgelegenheit nach Prag und von dort den Schnellzug in Richtung Komotau. Das Problem Protektoratsgrenze war für mich als uniformierten

Offizier kein gravierendes. Aufatmend kam ich hier durch und glücklich in Komotau an. Für den „Lausbub" hätte das als „unerlaubtes Entfernen von der Truppe" schlimme Folgen nach sich ziehen können. Susi mit ihren Angehörigen zitterten wie Espenlaub. Meinen Eltern habe ich erst später, als alles längst überstanden war, von dieser Robinsonade erzählt. Ich brauchte natürlich meine Zivilklamotten für die Rückfahrt und die Grenzkontrolle. Aber auch das war nach 1 ½ Tagen dank meines noch gültigen Zivilausweises und forschen Auftretens dann auch geschafft. Im Zug erfolgte der Monturwechsel, um dann in ordnungsmäßiger Uniform wieder mein Lehrgangsquartier in Hradischko kurz vor Zapfenstreich zu erreichen. Meine Stubenkameraden waren zumindest ähnlich froh, dass alles so reibungslos ohne Folgen auch für sie abgelaufen war.

Meine weiteren Kriegserlebnisse gehören nicht in diesen Beitrag.

Ich hatte die letzten Kriegstage mit einem Urlaubsschein in der Tasche für einen Genesungsurlaub nach meiner Verwundung in Ostpommern und Rettung aus dem eingekesselten Gotenhafen (heute Gdingen) durch ein deutsches Lazarettschiff glücklich überstanden. Im frühlingshaften Komotau erlebte ich mit Susi wunderbare Tage in der Heimat. Die vor Auslaufen meines Urlaubs Ende April 1945 erforderliche Rückfahrt zu meiner Ersatzeinheit nach Dresden war mir durch die mittlerweile tief nach Mitteldeutschland vorgestoßenen sowjetischen Angriffskeile versagt. Dienstbeflissen meldete ich mich, meinem Fahneneid getreu als junger Offizier d. Res. von gerade erst 20 Jahren, deshalb zur weiteren Verwendung Ende April 1945 in Komotau beim Wehrbezirkskommando. Die bezeichnende Bemerkung, die mir damals gewährt wurde war: >*Auf solche Leute wie Sie haben wir nur gewartet. Sie übernehmen ab sofort eine halbe Kompanie 15 – 16 jährige HJ-Angehörige bei Wurzmes zur Verteidigung unserer Heimatstadt. Ihr Auftrag: Schnellausbildung Ihrer Leute im Panzernahkampf mit „Ofenrohr" und „Panzerfaust". Sollten amerikanische Verbände als Erste angreifen, überrollen lassen und kampflos ergeben. Sollten Sowjets die Ersten sein, Kampf bis zur letzten Patrone."* Das waren meine Befehle mit denen ich die etwa 50 führerlosen Jugendlichen übernahm. Es war keine Zeit zu verlieren und musste sofort mit der Ausbildung begonnen werden. Mit dem Karabiner 98 konnten die Halbwüchsigen alle schon umgehen. Die Stimmung unter den Jugendlichen war angesichts der Lage noch gut.

Ich ging dann dennoch mit einem großen Fragezeichen, das mein Gewissen schwer belastete, an die mir befohlene Ausbildung. Sollte ich dem Befehl gehorchend, diese Jungs in einen aussichtslosen selbstmörderischen Kampf auf verlorenem Posten führen? Was war zu tun? Beten, dass amerikanische Vorhuten, die noch im Raume Karlsbad verharrten, als erste vor den Häusern auftauchten? Das schien die letzte leise Hoffnung für alle. Meine Susi war mit dem Rad noch mal zu einem Kurzbesuch bei mir mit ihrer inständigen Bitte, meine Jungs nicht in einen aussichtslosen letzten Kampf zu führen. Dann erlöste mich am 7. Mai die Bekanntgabe der bedingungslosen Kapitulation und der Befehl, die Einheit nach Vernichtung aller Waffen und Unterlagen aufzulösen und die Jugendlichen nach Hause zu entlassen, von allen weiteren Seelenqualen.

Auch ich suchte das Weite, radelte am 8. Mai 1945 abends gegen 20 Uhr auf meinem alten Drahtesel von Komotau nach Verabschiedung von den Eltern und von meiner Susi, die bei ihren Eltern bleiben musste, in Zivil über Karlsbad – Graslitz auf Schleichwegen durch die Grenzwälder nach Thüringen. In Karlsbad-Meierhöfen bei Eltern eines Schulfreundes vergrub ich vorher meine Pistole Den ersten US-Posten an der Tepler Brücke konnte ich durch mein Schulenglisch und jugendliches Räuberzivil überzeugen, dass ich keine Militärperson sei. In Saalfeld/Thüringen fand ich nach einigen Tagen angekommen bei Anni Lotz, der inzwischen verheirateten Tochter meines „alten Jägerfreundes" aus der Lessingstrasse, zunächst noch für eine Übergangszeit Unterkunft.

9. Waghalsiges Wiedersehen zum Jahrestag Ende Mai 1945

Nach der Kapitulation aller deutschen Streitkräfte hatte ich zur Wiederkehr des Tages unseres Kennenlernens Ende Mai 1945 beschlossen, nochmals zu meiner damals mir heimlich verlobten Susi mit dem Fahrrad nach Komotau in die neu gegründete Tschechei zu fahren. Mit einem durch roten Ausländerstempel versehenen Meldepapier aus Saalfeld und der erforderlichen Chuzpe gelang es mir, den tschechischen Gendarmerie-Befehlshaber des Grenzpostens bei Weipert etwas holprig Englisch radebrechend mit klopfendem Herzen zu überzeugen, dass ich laut. rotem Stempel auf meinem Meldepapier von Saalfeld kein Deutscher sei, der seine Eltern in Komotau suche. Mit dem Zusatz, meine Mutter sei Amerikanerin (anstatt geb. Schweizerin) und einem zivilen Passfoto von mir mit Stempel sowie dem ausdrücklichen schriftlichen Hinweis (in tschechischer Sprache), alle Dienststellen seien verpflichtet, mir Schutz und Hilfe zu gewähren, wurde ich in Weipert wieder zu meiner großer Erleichterung vom Gendarmerie-Posten freundlich verabschiedet. Bei einem unterwegs auftauchenden tschechischen Milizionär konnte ich die erhoffte Wirkung meines Empfehlungspapiers erleichtert feststellen.

Ich war fest entschlossen, mich eventuellen tschechischen Schergen zu entziehen. Niemals wäre ich der späteren Aufforderung der tschechischen Kommandantur an dem berüchtigten Blutsonntag von Komotau am 9.06.1945 gefolgt, wie allen deutschen Männern befohlen, mich an diesem Tag auf den Jahnspielplätzen einzufinden. Ein schreckliches Blutbad wurde hier an den aufgrund ihrer Blutgruppen-Tätowierung erkannten ehemaligen Angehörigen der Waffen-SS vor den Augen der ohnmächtig zusehenden übrigen Deutschen von tschechischen Milizen und rachsüchtigen tschechischen Zivilisten vollzogen. Die mit dem Schrecken davon gekommenen deutschen Männer wurden in einem berüchtigten Gewaltmarsch, der eine Reihe von weiteren Toten forderte, nach Gebirgsneudorf an die Grenze getrieben und von dort, nach Verweigerung ihrer Übernahme durch die Sowjets zu einer monatelangen Zwangsarbeit in die Lager Maltheuern bei Brüx und Glashütte bei Komotau getrieben.

Rechtzeitig vor diesem Zeitpunkt war mein Schwiegervater in spe von einem guten tschechischen Freund, der beim Narodni Vybor nach dem Einmarsch der Sowjets wegen seiner perfekten Deutschkenntnisse eine Sonderaufgabe bekleidete, gewarnt worden. Ich müsse unbedingt bis zum nahenden Einrücken der Streitkräfte der tschechischen Svobodatruppen die Stadt verlassen haben. Er ahnte, was uns allen bevorstand. Zu diesem Zweck erhielt ich von ihm ein Passport seiner Dienststelle, das mir wieder den ungehinderten Grenzübertritt bei Weipert nach Sachsen sicherte. Dem guten Mann bin ich zu ewigem Dank verpflichtet. So hatte ich mich doch bei meinen späteren Schwiegereltern einige Tage relativ gefahrlos aufhalten können. Alle Beteiligten waren damals heilfroh, dass mein waghalsiges   Unternehmen einen so glücklichen Ausgang genommen hatte. Das war mein endgültiger Abschied am 6. Juni 1945 aus der alten Heimat.

Besuch in der alten Heimat
im Juli 1981 durchs Erzgebirge
nach Komotau auf dem
Anton Günther - Weg

Ein Besuch in
Ploschkowitz im
Jahr 2015 zur
Erinnerung an
die
Internatszeit

10. Eine nicht mehr lausbubenhafte Geschichte aus der Nachkriegszeit 1946:

Während meiner ersten Studiensemester in Hamburg war ich als mittelloser Heimatvertriebener gezwungen, mir Studiengeld und Lebensunterhalt durch diverse Handelsgeschäfte (Schwarzhandel) und einen „Interzonenhandel eigener Art" zu verdienen. Dazu dienten mehrfache Besuche meiner in der Ostzone in Halle/Saale und Saalfeld nach ihrer Vertreibung aus dem ehemaligen Sudetenland wohnenden Eltern und Schwiegereltern. Ein ehemaliger Mitschüler des Komotauer Gymnasiums tauchte eines Tages bei mir in Hamburg auf. Er bat mich, eine gute Freundin mit ihrem kleinen Sohn bei meiner nächsten Exkursion aus einem grenznahen Dorf im Mecklenburgischen über die damalige streng bewachte Zonengrenze zu bringen. Das war natürlich in der Ostenzone streng verboten und stand als Menschenschmuggel unter schwerer Strafe.

Meinem Schutzengel vertrauend ging ich auf seine Bitte ein und ließ mir die genaue Anschrift mit einem kurzen Empfehlungsschreiben geben. Bei der jungen Frau, die vorher bereits *informiert* worden war, warteten wir die hereinbrechende Nacht ab. Meine Kurzinformationen für die weitere Verhaltensweise von Mutter und Kind fand aufmerksame Zuhörer. Dann schlichen wir leise mit reichlich Gepäck in den Rucksäcken in Richtung Grenzbach. Er war an einigen Stellen seicht und leicht zu durchwaten. Die junge Frau hatte sich vorher gut informiert. Aber mit den an der Grenze postierten sowjetischen Grenzpatrouillen musste gerechnet werden.

Gottlob war die Nacht relativ dunkel. Geduckt schlichen wir bis zum Grenzbach. Vom Iwan war weit und breit vorerst nichts zu sehen. Zunächst legte ich meinen Rucksack mit der darin verstauten „Bannware" diesseits des Grenzbaches ab und geleitete zunächst Mutter und Kind wohlbehalten ans andere Ufer. Dann watete ich zurück und erstarrte erschrocken, als plötzlich der halblaute Ruf eines russischen Soldaten ertönte: „Stoj !" Gleichzeitig vernahm ich das mir wohlbekannte Geräusch des Durchladens einer Maschinenpistole. Mir stockte der Atem. Sollte es das gewesen sein? Mit klopfendem Herzen sagte ich halblaut: >*Towarisch, Schnaps nicht schießen!* <. Dabei wurde mir erst bewusst, dass ich dieses für den Iwan bekannte „Allzweckmittel" in meinem Rucksack gar nicht mitführte. Doch ich wollte Zeit gewinnen. Daraufhin machte der am Bachrand mit gezückter MPi stehende Posten einige Schritte nach rechts, dann wieder nach links und rief danach mit halblauter Stimme >*dawai* !<. Ob dieses menschenfreundlichen Gebarens fiel mir ein Stein vom

Herzen. Fast hörte man das Plätschern im Wasser. Selten sind mir meine weiteren Schritte so leicht und frohgemut gefallen, wie in dieser Nacht. Mein Schutzengel war wohl ganz besonders auf der Hut.

Ein weiteres die frühe Vergangenheit des Komotauer Lausbuben beleuchtendes Ereignis war während meiner Studienzeit in Hamburg das Erscheinen eines Offiziers des britischen Intelligence Service an unserer Haustür. Ich hatte die von der Uni Zürich an die Studentenschaft der Universität Hamburg ergangene Einladung zu einem Besuch als willkommene Gelegenheit aufgegriffen, dies zu nutzen, meine damals bei Zürich lebenden schweizer Verwandten zu besuchen. Mein eingereichter Antrag hatte den unerwarteten Besuch mit dem schriftlichen Auftrag zur Folge: „Put him under Interrogation." Ich sollte verhört werden. Meine verstorbene Frau Susi gab in aller Offenheit für mich, der ich zur Vorlesung weilte, die gewünschten Auskünfte und bestätigte die ihr von dem Besucher vorgelegten Daten, Dienstgrade und Truppenteile, denen ich in meiner Militär- und Kriegsdienstzeit angehört hatte. Wir hatten nichts zu verbergen. Der Besucher verabschiedete sich danach mit den bezeichnenden Worten: „God bless You!"

Der Komotauer Lausbub
als Glückskind und Ur-
Opa mit Enkeltochter und
Ur-Enkelin
Oktober 2016

überarbeitet zum Jahreswechsel 2017/18 mit dem
Zusatz eines lieben Freundes; eigentlich müsste die
Überschrift zu diesem Erlebnisbericht lauten: LAUSBUB
UND GLÜCKSKIND (**MIT** Schutzengel)

Rüdiger Bauer

Autorenbiografie Rüdiger Bauer

Der Autor, Jahrgang 1925, ist als Sudetendeutscher aus Komotau in Boehmen in einem deutschnationalen Elternhaus mit liberaler Grundeinstellung aufgewachsen. Hier erlebte er die Jahre des Volkstumskampfes gegen die staatliche Vorherrschaft in der CSR als aktives Mitglied der Jungturnerschaft. Nach dem Anschluss an das Deutsche Reich wurde er 1939 Internatschüler einer NAPOLA bei Leitmeritz und legte 1943 sein Kriegsabitur ab.

Sein Berufsziel lag im diplomatisch-konsularischen Dienst. Dazu ließ er sich als Student für das Studienfach Auslandswissenschaften fernimmatrikulieren.

Mit 17 Jahren meldete er sich seinen damaligen Erziehungs-Idealen folgend freiwillig zum Kriegsdienst. Nach seiner Rekrutenzeit und Ausbildung als Pionier folgte einer Frontbewährung im Osten und späteren Lehrgängen zur Ausbildung als Reserveoffizier nach der Beförderung in den Leutnantsrang ein Fronteinsatz in Ostpommern. Hier wurde er im März 1945 verwundet und über die Ostsee aus dem eingekesselten Gotenhafen (Gdingen) im Geleit auf einem Lazarettschiff gerettet.

Nach seiner Genesung erlebte er das Kriegsende in der Heimat. Auf abenteuerliche Weise und nach kurzzeitiger Rückkehr gelang ihm 2 mal die Flucht über die neuerrichtete Staatsgrenze.

Auf sich gestellt studierte er in Hamburg Volkswirtschaft und legte dort 1949 sein Diplom ab. Aus seiner Eheschließung 1948 mit einer Sudetendeutschen aus der Heimat entstammen 2 Söhne.

Sein Berufsweg führte ihn als Nachwuchskraft zuerst ins kaufmännische Management eines Chemiefaser-Konzerns und danach in die Geschäftsführung einer Seeschiffswerft. Anschließend übernahm er die Beteiligungsverwaltung eines bekannten Hamburger Unternehmers. Zeitweise wurde er als Personal-und Unternehmensberater tätig. Gegen Ende des Berufslebens leitete er erfolgreich eine berufliche Bildungsstätte für arbeitslose Jugendliche in Zusammenarbeit mit maßgebenden Institutionen des öffentlichen Lebens in Hamburg.

Zahlreiche Bildungsreisen führten ihn in alle Welt. Sportlich hat er sich vielseitig aktiv betätigt. Nach dem Tod seiner ersten Frau hat er 2005 wieder geheiratet. Heute lebt er vor den Toren Hamburgs im Ruhestand und widmet sich seinen schriftstellerischen Ambitionen.